자복自服

자복

1쇄 발행일 | 2019년 10월 15일

지은이 | 박재홍
펴낸이 | 정화숙
펴낸곳 | 개미

출판등록 | 제313 – 2001 – 61호 1992. 2. 18
주소 | (04175) 서울시 마포구 마포대로 12, B-108호(마포동. 한신빌딩)
전화 | (02)704 – 2546
팩스 | (02)714 – 2365
E-mail | lily12140@hanmail.net

ISBN 979 – 11 – 90168 – 01 – 4 03810

값 10,000원

*이 책은 ◯ 문화체육관광부 ▮▮ 한국장애인문화예술원의 후원을 받아
2019년 장애인 문화예술 지원사업의 일환으로 발간되었습니다.

자복

박재홍 시집

개미

헐벗은 세상에 홀로 남겨진다는 것
은 바다가 제 속에 불을 키우는 것
과 같습니다. 불은 고요한 바다에
홀로 타오르다가, 바람과 비로 몸을
일으켜 바닷속을 훑고, 만선의 꿈
을 꾸는 어부들에게 소원을 들어주
어 육지를 향하듯이 허기진 삶을
사는 나에게는 시詩가 그러합니다.

3년 전에 어머니를 배웅하고 지난
겨울 아버지를 배웅하는데, 낯선
도시에서 꽃도 제물도 없이 쓸쓸하
게 보내드렸습니다. 참 선하게 이
어온 생명이 아프지 않은 세상에서

살기를 간절하게 바라며 용서를 구
하는 마음으로 49제 동안에 발원을
하였습니다. 이 땅에 헐벗은 자식
들의 마음에 위로가 되고자 스스로
죄를 구했습니다.

　지금 밖에는 상륙한 태풍으로 인
하여 누군가의 발원을 이루고 있나
봅니다. 자식으로 하늘을 이고 부
끄러워 살 수 없는 자가 되었습니
다. 금슬 좋던 두 분이 그립습니다.

2019년 가을
박재홍

차례

2부

3부

1부

자복

하루의 허물을 털었더니 우수수 짙은 진눈깨비처럼
비늘이 털어졌다

누군가를 향해 하루치의 미늘이 이러하였을 것이니
참으로 허물 많은 삶이다

앞으로 곤고한 삶은 얼마나 더 많은 죄업이 되어
기다리고 있을까?

칼갈이

누군가를 향해 끊임없이 밖으로 밀어 냈던 날의 방향
이
　어느 사이에 안으로 끌어 댕기는 힘이 생겼다

　조금은 사랑을 배웠나 보다 이제는 준비된 마음의 결
이
　바다처럼 부드러워졌나 보다

　춘란처럼 담담하게 웃을 준비를 숫돌에 온몸을 내어놓
고
　연마하고 있었나 보다

대설주의보

하늘의 대에 오르신 어머니가 내리는 날이다 어느 포구의 폭설처럼 잇닿은데 없이 끊임없이 줄기차게 사랑처럼 임재하는 눈,

덜컹거리는 사랑이 조바심하며 지리산 한 자락 넓게 펼친 목화이불처럼 아무도 가지 않는 길에 대한 조잡한 마음처럼

내 속에 밟지 않은 눈을 치울 것인가 밟고 지나갈 것인가에 대한 미련함이 그도
허물이라는 것을 나이 오십에 알았으니 미련하기가 그지없구나.

할아버지 산소

　스님이 들고 나는 자리가 곰 발자국이 찍혔다더군
　그 다음날은 산왕이 다녀가셨고 나고 드는 미물들이
수군거리니
　산 사람이야 오금이 저리겠군 하더라는 소리를 들었는
데

　백설이 가득한 산사의 앞마당에는 아직 오간 길손이
없는 듯한데
　간밤에 사무치게 내린 목화솜을 누벼서 만든 이불이
어느 애절한
　사랑처럼 고즈넉하니 펼쳐졌었지

　사랑은 좀스럽지 말아야 할 텐데
　공양받을 때마다 삼키는 것보다 토해낸 그리움에 취해
있으니
　어찌 사랑의 도에 머물까 싶었는데

　담장 너머 기웃거리는 개나리 순들이 지천을 하느작거

리며 뿌리를 내릴 때쯤

　봄물처럼 나의 설움도 머리를 쨍하니 깨우며 씻겨가려
나?

　밤새 안녕이라는 말이 내 얼굴에 웃음을 준다는 말처
럼 느껴지는 것이

　아직 봄이 멀리 있나 보다

수목장

원로 류인석 수필가를 모시고 아동문학가 봉직이 형 수상식에 다녀오는 길이었다 GPS가 가르쳐주는 대로 다녀왔으니 어느 이름모를 첩첩산을 원귀처럼 떠돌았으니 지친 것은 차나 나나 매한가지였다.

졸리는 눈에 마주한 부신 노을이 누가 놓은 불인지 활활 잘도 타들어갔다 조수석을 힐끔 쳐다보는데, 졸다가 주무시는 듯 삼매에 계시던 분이 곁에서 "마지막 저 놀처럼 타오르다 사그라지고 싶다" 혼잣말처럼 하시더니 그새 잠이 드셨다.

문학상의 부상은 수목장할 나무 한 그루가 눈에 띄었다.

듣고 계시지요 아버지

바다를 보는 것은 좋은디 들어가는 것은 금기다 이말이지라? 누군가를 깊게 이해한다는 것은 자복하는 길이다 싶은디 다비식에 불 들어간다는 소리에 머리는 명징해지고 울음은 차오르는데 재티는 날리고, 경은 외는데 '그 뜨거움'이란 나는 또 내 속을 드러내 놓고 오장을 꺼내 놓고 업장을 짓고 있는 게지 싶었습니다.

저무는 한나절 반의 소나기처럼 엄니가고 삼년 만에 아버지 배웅하는 것이었는데 살아가는 것이 죽는 것보다 못하다는 생각이 드는 것은 풍장 치른 아버지 뼈마디도 만질 수 없이 본향의 재로 갔기 때문인가?

'아직 거기 있는 것이지라? 오장 오지게 뒤집어 놓을 테니, 아직 가지 마시오, 우리 해야 할 말이 많지 않으요잉'

전설의 고향

월남 갔다 온 규택이 배다른 형은 모하고 살래나 궁금
하네 곰보삼춘은 아직까지 살아 있겠지?

푸르스름하던 눈에 광기가 살짝 얹어지면 서까래 밑
그늘이 전등을 켜고는 했는디 백 촉이었나 60촉이었나
기억은 나지 않아도 네 발로 기던 내 눈에는 공포였단말
시 아랫집 은옥이네 집에서는 전설의 고향 동자삼 이야
기를 동네 사람들과 함께 장마든 고향에 천둥소리 날 때
마다 이불로 숨어들었지

장마 지는 줄 알고 나왔는데 별이 한소끔 구운 소금처
럼 정갈하게 하늘에 뿌려지는데 다들 눈 비비고 하품하
며 맥없이 부채로 다리에 달라붙는 깔따구를 쫓고 잘 자
라며 인사를 하는데 그날이 이제는 눈길과 가슴속에서
붙잡는 길몽이 되어 꿈틀거린다.

해장국

오일장은 육담과 성긴 싸움이 눌린 억울함에 저주받은 풀꽃 같은 사람들을 살게 한다. 장돌뱅이들 얼굴을 보면, 얼굴은 잔뜩 화가 나 있는 것처럼 보이나 속을 감춰야 이문이 남는 것처럼 등골에는 아이들이 걸려서, 숨은 가난에 매달려 있는 것을 알면 염병할 숨긴 이문은 아무것도 아녀

창고비 주고 나면 이문도 없는데 품팔고 쌀팔고 담배 몇 갑 돈으로 바꿔서 대포값 치르고 투전판집을 눈감고 지나가면 집 식구들 웃는 얼굴이 좋아서, 벌교 5일장의 파장은 뜨거운 피가 엉킨 선지해장국 한 그릇으로 거듭나야 가난의 죄업 익일이 끝나는 것인데

나이 오십에 선지국 한 그릇 건네 줄 사람이 없다.

전민동

인근에서 제일 좋은 떡볶이집처럼 웃고 싶다. 바다에 고래가 몸을 부리는 것처럼 대범하게

누군가를 향해 눈길 한번 주는데 인색하지 않는 알근이는 아들의 단골집이다

전민동 새벽을 밝히는 불빛에 삼삼오오 외로운 사람들이 노동에 지쳐 근무지를 이탈해 모이는 곳 오징어 배 집어등처럼 보이는 그곳에 간혹 취한 행인이 어느 집인지도 모르게 좌청룡 우백호를 자청하며 앉아 핸드폰을 들여다보는 그곳은 전민동의 섬이다

외전

대파를 다져 썰고 마늘을 다지고 무를 들고 쳐내어 끓이는 물에 낙지 한 뭇을 넣고 1분이 채 되기 전에 꺼내어 철사를 풀어 접시 위로 화상 입은 뻘낙지의 코를 보면 허름한 주머니에 허물어진 하루의 자존감인 것 같다야

새벽기도 가던 놈이 술 먹고 앉아 있는 내게로 시처럼 다가왔다 말없이 건네는 술잔에 물끄러미 보더니 훌쩍 털어 넣는다. 추운데 안가고 뭐하냐? 하나님 만나고 와서 한잔하고 있다

만나고 가는 길과 만나러 가는 길이 사뭇 유치할 것 같지만 진지하다 벌교 역전에는 풍진 신들의 외전이 넘친다.

담배

나이 스물대여섯 꿈이 고구마 껍질처럼 열린다. 안광을 덮는 머리카락처럼 겨울은 옆에 서지 않는다. 아들의 꿈길에 할머니가 아빠 머리맡에서 울고 있었단다. 왔다 가셨나 보다

허물은 벗은 자리에서 멀리가지 않는데 바람은 아직 계절 앞에서 밑동을 드러내지 않는다. 바다가 뒤집어지는 해에는 풍어제를 보러 가야겠다.

담배를 끊지 못하는 몇몇은 매일 거리에 불판에 앉은 원숭이처럼 달달거리다 폴짝거리다 견디지 못하고 담뱃불을 끄고 돌아서 간다. 사랑은 그렇게 조바심하다 잃어 버리는 것이다

걸음마

　머리가 물에 젖었다 무덤자리에 물길이 든 것처럼 꿈
길을 더듬을 때마다 무서리처럼 내리는 숨길이 답답하다
호 하고 일어나 몸을 바로 세우는데 부질없이 웃는 달은
어쩜 저리 처연할까

　호롱불 등잔에 기름 떨어질 때 푸드덕거리던 불안함이
가까이 왔나 보다 아이는 뒤뚱거리면서도 환하게 웃는
다. 불안보다는 눈길에 짓쳐드는 사랑이 믿어지기 때문
에 나이 오십에 비로소 몸 부리는 것을 배웠다

계륵불

　계륵불鷄肋佛이고 싶다 남 주기는 아깝고 내가 먹기는 아쉬운 뭐 그런 것 먼발치서 보이는 흔들리는 환영만 보아도 마음이 사랑에 허물어져 비롯됨을 알게 하는 성경 구절 몇 장 몇 절처럼 목사도 좋고 부처도 좋은 그러나 죽음 앞에 경건해 지는 것은 도리, 이문에 눈이 머는 하루를 사는 것이 가끔 괜찮다는 생각에 안부를 묻는 시가 자맥질하며 되묻는 그 처절한 자복의 변수

　니 죄나 내 죄의 사함보다 내 이웃에 얹어진 눈길이 향한 곳에 죄를 털어내야 할 듯이 보인다

아직도 겨울 공화국

눈이 마주쳤다 은행동 가톨릭 문화회관 앞 포장마차, 한 사내가 말 몇 첨을 얹더니 주인에게 슬그머니 건네받은 막걸리를 종이컵에 한잔을 걸쭉하게 들이키고 핫바지에 방귀 새듯 사라졌다 그 바람에 주인도 한잔을 들이키며 곁눈질하며 바라보며 눈이 마주치자 웃는다.

추운가 보다, 막연하게 서성이는 사람들 두엇 그사이에 호떡을 사 갔다 값을 계산하고 나오는데 자신은 사만 원 받는데 장애인수당 얼마나 받는지 묻는다. 웃으며 "한 이천만 원 받는다" 라고 농을 건네니 "아이 내가 다 아는데" 하며 웃는다.

곁에 있던 박지영 시인이 농이라며 손사래를 치는데, "제가 알지요" 하며 주인도 알며 넘어간 눙치는 시늉으로 받는다. 숙취처럼 남는 것은 장애인들에게는 아직 이 나라가 "믿어지지 않는 국가"인가 보다.

2부

내리사랑

아버지 자라목처럼 들어간 목을 꺼내들었당께요 승모근이라는 것이 문제라는디 목발과 하는 일이 직업병으로 찾아와 누적된 것이라네요잉 가끔 배도 딱딱해지더니 이제는 돈 내고 맞는 것처럼 아프게 풀어놔야 한 일주일간 당께요

산에서 캐낸 돌을 연탄불에 구워 수건이 타들어가는데도 몇 장 겹쳐서 지지던 아버지 어머니의 하루를 내가 만나고 있으니 내리사랑을 부정할 수 없고, 철마다 먹던 음식이 허기를 불러오는데 공중에 목어가 계룡산을 타고 내려오는 것 같습디다

진 꽃자리처럼 피어나는 고통이 아직 이른 봄을 느끼나 봅니다.

목어

목어처럼 부풀은 바랑을 지고 산을 오릅니다. 사뭇 다른 것이 '기미', 꿈길을 더듬어도 하염없는 것이 상막에 짚던 통대나무 지팡이에 오롯하게 살아오는 것이 유년의 위력과 폭력 깨어진 전구 때문에 하반신을 운신하지 못하여 그대로 담벼락에 기대인 채 바라보던 방문이 열리며 들어서던 누이의 교복이 보입니다. 저녁 어스름이 얼마나 환한 빛인지 처음 알았습니다.

겁이 나서 울지도 못하고 세숫대야에 담긴 팔과 얼굴 발을 씻기던 누이는 '괜찮아 아무 일도 아니야' 하는데 눈물이 말랐습니다. 거울도 보기 싫었습니다. 개다리소반에 둘러앉아 말없이 며칠을 보냈습니다.

긴 머리카락과 바람이 보리밭을 가르는 것처럼 지나친 어느 날 부기도 가라앉고 얼굴에 맺힌 웃음이 낯익어졌나 봅니다. 어머니는 피굴과 매생이 저를 연탄불에 구워 멕이며 "내 탓이다" 하였습니다.

세상을 싸지르고 싶은 충동이 간혹 낙안 벌판의 가을걷이 끝난 노을처럼 달아오르고 홍교다리 아래 실치는 잡는 솜불이 타오를 때마다 스스로를 전복시키고 싶은 '기미'를 참아야 하는 것을 알게 되었습니다. 스스로를 향한 첫 미사인 셈이었습니다.

팔영사

하루 시간을 달라는 말에 1년이 걸렸습니다. 조성을 지나 남양에 이르러 밥을 먹고 때로는 멈추자고 하여 혼자 바닷가를 망연하게 보시기도 하셨습니다.

그가 말했습니다. '이 나이가 되니 그곳이 그립다' 고흥 팔영산을 찾으니 그 아래 팔영사가 있었고 9형제를 위해 산을 헤매던 것을 들려주셨습니다.

그가 말했습니다. '사는 것은 그저 흘러가는 것이다' 라고 구구절절 타이르기를 스승이 제자를 가르치듯이 하였으나 때가 이르지 않은 진리는 뭇대중에게는 닿지 않고 가족에게는 이해되지 않았습니다.

매화

　그가 말했습니다. 나로도를 나와 포두에 살 때 장티푸
스 걸린 이야기를 했습니다. 고향으로 돌아가는 길목에
는 당산나무 그늘처럼 서럽게 선 등에 짊어진 가족이 떠
올랐던지 심한 고통 쇠잔해 가는 몸, 긴 인생의 여로가
가늠되어지는지 한참을 발치 끝을 보시고 계셨습니다.

　바닷가에 어느 팔각정에 멈춘 차를 뒤로 하고 목발을
짚은 나에게 '저것이 너의 증조부께서 쓰신 마을의 중요
한 사연이다' 라며 가리키는데 왜 그 낯선 현판이 정월에
핀 매화 몽울 같은지 향이 났습니다.

장염

모진 설사에 중병을 앓으면서도 스스로의 주검은 몹시
이웃을 슬프게 하였습니다. 미루나무 사이에 기대어 담
담하게 다음의 생을 이야기를 하는데 이제는 나에게 부
모가 없구나 하였습니다.

그가 나에게 말했습니다. 살아서는 너에게 등에 짊이
었고, 너는 나에게 기대는 기둥 같았다 혹여 내가 죽어도
슬퍼하거나 애달프지도 말그라 어쩌다 인연이 악연처럼
힘들게 하였어도 언젠가는 누가 먼저랄 것도 없이 헤어
지는 것이다.

나이 사십 즈음에 그가 나에게 누구보다 너에게 귀를
기울이며 공부해야 한다. 라고 일러주었습니다.

장례식

팔영산 아래에서 살다가 불현듯 떠날 때에는 삶을 몽글게 열심히 장애를 가진 아이와 남매를 키우기 위해 이웃을 돌보며 살아가는 모습에 아버지는 교훈적이었습니다.

그것은 시대를 넘어서는 현재까지 내 마음에 머물며 닿아있습니다. 진정 아버지는 내가 기억하지 못한 곳에서 온전하게 자리하고 있었습니다.

영정사진도 없이 꽃도 없이 밥도 차려지지 않은 장례식장에 서럽게 웃는 모습으로 칠성판 위에 누워 계셨습니다.

제상

'아이고 조상님들 우리 불쌍한 새끼들 좀 도와주시오'
'찬은 변변찮으나 우물 푼 손주 마음과 내 불쌍한 기도
를 봐서라도 잘 좀 봐주시오' 좁은 방에 제사상을 차리기
전에 멥쌀을 담은 박바가지에 명주 천을 덮고서 무릎걸
음으로 뒷걸음치는 어머니를 보았습니다.

아랫집 마당에 벽돌 서너 장으로 숯불에 생선을 굽는
아버지의 등에 연기가 피어오르고, 나는 막연하게 실비
처럼 흘리는 눈물을 만났습니다.

이어진 인연이 명주실의 비원처럼 수명이 되길 바라는
마음 간절했습니다.

마당을 쓸던 아버지

언제 맬라요 베어 놓은 싸리나무 더미를 보며 묻습니다. 푸른 잎들이 순해지면 몸을 부리고 또 잘 묶어야 한 철 쓰는 것이지 글믄 언제 뒤꼍이랑 마당을 쓸 것이요 시간 좀먹지 않으니 좀 참소 아따 성질은 함흥차사라 안 허요 이러다 선산 풀 자라 녹음되었소.

서산 해 떨어지고 달 기울면 서러운 마음처럼 수구초심 아버지는 쓰러진 마음 한 켠에 계시네.

장마

며칠째 비만 내리는 날이었습니다. 낙안벌이 누렇던
논이 물이 가득 번들거리는데 아버지는 한동안 바라만
보더니 담뱃불이 잦아들 무렵 '저리 허망한 것을' 하며
마루 위로 거두어들인 무릎을 껴안고 목침을 당기어 베
고 모로 누워 잦은 빗소리로 잠이 들었습니다.

초파일

초파일은 누구의 기일인지 가뭇합니다. 누구면 어떻습니까? 우리 어머니 말동무인 것을 오늘은 누구를 위해 기도를 드렸는지 모르겠습니다. 본 적도 없는 어른 집에 시집와 날짜만 달랑 받아 살아생전 내내 발원처가 되던 것을 누군가를 깊게 사랑하는 것을 끝내 내리사랑을 걱정하며 웃으며 잠드는 것을 그런 것을 여태껏 몰랐습니다.

초파일 집 앞 길모퉁이

　'허허 까딱했으면 물난리 날 뻔했네.''막혔습디여?'
'터지기 직전이시''아이구매 큰일 날 뻔했소.''아직 막
둥이 오지 않았는데 괜찮켓지라?''그놈은 뭐를 해서라
도 올 것이구만' 집 앞 길모퉁이 앞에서 듣는 두 분의 목
소리에 목발 짚은 겨드랑이 밑이 피가 나고 미끄러져 넘
어져 깨진 무릎 정강이 멍든 손바닥을 들여다보며 웃음
진 얼굴이 되려고 애쓰던 얼굴 근육이 이제야 조금 풀어
집니다.

사무치도록 보고 싶을 때마다
아이들에게 들려줍니다

언젠가는 '우리는 이제부터 박민호 음순엽 부부가 사는 곳으로 가자'라고 탁발을 떠날 때가 있을 것입니다. 마을을 돌면서 공양을 끝내시고 나오실 때, 마치 애기똥풀처럼 사물을 바라보며 지긋이 응시할 삶과 죽음의 경계에서 얼마쯤 존재에 관한 이해를 돕는 말을 할 수 있을 때 '이제는 비로소 이곳을 보는 것도 마지막이 될 것이라는 말과 자 우리는 이제 그로부터 왔고, 그들이 사는 곳으로 간다'라고 이르며 떠날 것이다.

혼자였을 때

니들이 출렁거리며 보름밤을 밥 얻으러 돌아다닐 때 몸이 불편해 얻어먹는 나는 성스러운 계율을 깨닫듯이 목이 메었다. 함께할 수 없는 시간의 빈 공백이 이 세상과 저 세상을 잇지 못하는 유전된 슬픔처럼 끝없이 한 자리를 지키는 기다림의 회환을 배웠다.

지혜는 슬픔보다 깊이 일궈낸 쌀처럼 하얗게 빛난다. 성스러운 것은 생존에 갈애하는 마음과 생존의 원인에 대한 소멸된 깨달음의 비늘로 다시 태어나는 것을 유년에 배웠다. 그러했다.

루게릭병

    은옥이네 오빠 연한이 형이 하얗게 웃었다. 계곡 그늘 속에 숨은 잘 마른 바위처럼 앉아 가끔 열리는 방에서 풀무치처럼 앉아 밥을 받아먹거나, 신발을 손에 끼고 기는 내 모습에 깊은 연민의 눈길을 열거나 마당에 평상에서 앉아 눈으로만 주고받던 이야기, 죽은지도 모르게 사라진 그의 흔적은 간혹 아파트 앞 나무 사이에서 빗기는 달의 각도에 따라 기억이 났다.

춘다의 공양에 관한
설법을 들으신 어머니

'잘 알았습니다. 잘 듣고 마음에 새겨 두었습니다.' 홍
교동에 도착하여 포교당 앞에서 장차 다음과 같은 일이
네게 임하거든 듣고 그대로 수지하고 있다가 피하거라
하신 말씀대로 하였습니다. 오직 믿음이 강한 어머니를
부처와 돌아가신 조상들이 격려하고 기뻐하신 이유는
'춘다의 공양'처럼 죽음의 고통이 오리라고 말씀하셨습
니다.

단 한 번도 무릎에 올려진 나에게 '무엇을 해라'보다
'그랬을 때 어떻게 할 것이냐'라고 물었던 현자는 초등
학교도 졸업하시지 못한 어머니였습니다.

모깃불

홍교다리 밑에 사는 깔다구를 맞보면 모기 맛을 안다고 했습니다. 강과 바다가 만나 품어낸 생명의 모진 성향을 말하는 것이지요. 평소 밥상머리 교육이 엄했던 아버지는 길 옆 앉아 사람들과 농도 주고받은 적이 없었습니다. 모기와 피를 나누고 전도된 것 같았습니다.

간혹 아들이 그리워 아래채로 내려와 주무실 요량으로 지친 몸과 당신이 만든 목침 하나를 들고 내려와 눕습니다. 공부와 쉬는 것을 분별해야 한다고 약을 올리는지 잠듯을 하는지 모르게 흘리는 말들은 장자의 나비 같았습니다.

밖은 칠흑처럼 검은데 모깃불은 하염없이 하얀 연기를 내어 하늘로 길을 내고 별은 쏟아져 내려오고 눈은 시리도록 서글픈 생각에 별을 담고 있었습니다.

노동의 유전

아침에 산을 내려서며 풀섶을 뒤져 따오시던 호박과 호박잎과 순을 보면 물끄러미 찐득거리는 부문을 보며 싫었습니다. 나는 아침에 호박된장국과 호박 쌈에 젓갈을 얹어 잘 먹고, 저녁이면 뜨거운 물에 몸을 담그고 돌을 연탄불에 얹어 수건을 두 장 세 장 겹쳐 돌을 감싸고 살이 화상을 입을 정도로 관절을 지지던 아버지의 독함을 생각했지 노동의 통증을 이제야 얼마나 아팠을까? 라고 묻습니다.

3부

춘란

해갈되지 않은 꿈에 물을 찾았습니다. 바다의 실치처럼 투명하게 빛나는 어린 나이였습니다. 그가 말했습니다. '너의 발우는 무엇이냐' '어머니와 아버지가 가지신 물려받은 것입니다.' 가라앉은 우물물처럼 맑은 기운이 일어났습니다.

그가 말했습니다. '머무르고 청정한 경지를 이르기에 충분하다'라고 웃으며 가르쳐 주었습니다. 벼랑에서 혀를 내어 민 환한 얼굴의 춘란春蘭 같았습니다.

오현스님

오현스님 이야기에 한참을 웃었습니다. 이 땅에 문학지 중 제일 잘 나가는 순서대로 쉬쉬하며 도움을 받고, 스님 용돈 안 쓴 사람이 없었답니다. 그들이 정치하는 동안 근력이라도 키운 모양입니다. 들어보니 '각자도생' 해야 되니 얼마나 어렵겠습니까? 이왕이면 사람 좀 만들고 떠나시지 '공의롭거나' '정의롭거나' 뭐 '인정할 줄 알거나'

아버지 49재

맑은 도량에 잠드는 이 없고, 스스로 피어난 꽃에 놀라지 말아야 詩가 아닌가? 라고 물었습니다. 폭풍 속에서 뒤집어지는 만선의 꿈이 나뭇잎처럼 날아가는데 사람을 붙잡고 일으키고 길을 잃고 헤매는 사람의 발등에 불을 밝혀주는 것처럼 그가 말했습니다.

아버지, 49재는 지옥 속에 나를 내어놓았습니다.

발우

아버지를 배웅하러 바다로 갔습니다. 혹은 불가마로
갔을지 모릅니다. 칠성판에 오르시고 의식이 인도하는
것에 따라 손자들이 팔과 다리를 주무르고 물이 맑아 깨
끗한 산성의 정화수처럼 맑은 영혼의 아버님의 몸이 그
곳에 도착하였습니다.

노동과 병마에 심한 피로감을 느낀 생육의 모든 것을
버리는 날이 되었습니다. 불길로 걸어 들어가신 후 그가
좋아하는 유실수 속을 걸어 들어가셨을 것이니 불구의
아들에게는 그가 살아온 날수만큼의 발우를 주셨고, 남
은 날수만큼의 아들의 발우가 될 것이라는 것을 숙명으
로 받아들였습니다.

아버지의 발우는 나에게 이익됨이 없을 것이고 마지막
아버지의 육신에 입혀진 고통이 사라진 날이니 베풀지도
않았고, 인내하여 원망하지 않으며 오직 탐진치貪嗔痴 아
버지의 길을 가십시오.

입멸의 땅

숲으로 향하여 난 길은 새들이 영접을 한다. 나는 그 길을 지나 깊은 영성이 머문 곳에서 나의 아버지의 49재를 진설하였다. 꽃도 없고 영정사진도 없고 진설도 없는 그곳에 향도 없다 가장 가난한 의식 나의 모든 열린 모공을 머금고 단 한줌의 시를 쓰리니 그곳은 사지가 바르게 눕고, 바르게 사념하고 바르게 의식하시어 보전하시어 눕는 그때 한 쌍의 사라나무 꽃이 필 때라고 그가 가르쳐주었다.

발우음

 그 흔한 설렁탕이나 국밥이나 해장국 한 그릇 같이 하지 못했다. 하다못해 명절이나 조상의 기일에도 음복주 한잔 주고받지 못했다. 참 어려웠고, 갑작스럽게 꽃이 피는 날은 이별이었다.

 매화를 좋아하던 아버지, 꽃 몇 잎 피지 않는 고목나무 매화를 그리는 아들의 길이만큼 먼 이별이었다. 공양은 죽어서야 드리는 의식의 한 소절 천상의 악기가 허공에 울릴 때 비로소 열리는 아버지의 발우가 운다.

현몽

어머니에 대한 그리움이 꿈으로 일구어 묻자 '세월이 쏜 화살을 어찌 피할 수 있겠느냐 죽음은 한탄하거나 슬퍼하는 것이 아닌 것을 말하지 않았더냐? 혼자 어떻게 살 것이냐고?' 답하였습니다.

'장애로 태어나고, 이겨내고, 만들어지고 무너져 가는 것을 이제야 알겠습니다.' '스스로 오랫동안 참으로 행동으로 일군 삶은 고통스럽고 아프고, 병이 깊어지고 성실이 주는 참담함은 이루 말할 수 없었습니다.'라고 말하자

그가 말했습니다. '사려 깊은 행동과 타인의 삶에 이익과 안락을 주는 성실함으로 배워준 일심은 귀했다 더욱 사려 있는 말과 배려 그리고 행동은 곧 경지에 이르는 길 그것이 바로 고통을 버리는 길이다'

범문

마루에 앉아 있는데 두꺼비가 개인 빗속에서 저를 마주하고 턱하니 앉아 있습니다. 절로 나온 웃음이 무엇인지는 모르지만 물끄러미 눈길을 마주해 있었습니다. 한참을 그렇게 있더니 몸을 돌이키는 두꺼비를 향해 기르던 개가 쫓아왔습니다.

말리고 한참 뒤 시야에서 벗어날 때가지 기둥에 매인 개를 풀어주지 않았습니다. '범문은 그런 것'이라고 들었습니다.

장암부자

장암에서는 꼬막이 많이 나고 그곳 사람들은 돈이 많다고들 했습니다. 하지만 늘 바닷가에 사는 아이들은 멸치볶음과 장아찌 그리고 단무지 도시락으로 가져왔고, 점심은 그저 2교시면 끝나는데 남은 허기를 매점이나 친구들에게 빌붙는데 가끔 누가 그런 유언비어를 퍼뜨렸을까 생각이 들었습니다.

내리사랑에 대한 집착과 생활력이 그들에게 질긴 투쟁사를 본 것을 역설적인 표현이 아닐까 싶었습니다. 객지에서 자취하는 애들은 그 동네에서도 더 잘사는 애들이라고 하는 것처럼 아버지는 녹동항에 도착하자 화장실 간다며 내리셨습니다.

편력행자

보따리 장사를 하던 길자고모 부부가 집에 올 때면 커다란 보따리를 가득 들고 왔다. '우리 막둥이 조카 이것 좀 먹소' 하며 오징어포 문어포 밑반찬거리를 잔뜩 내려놓는다.

'남의 집 처마 밑에서 쪽잠을 자도 이것은 현찰박치기인께 남는 장사 아니요' 하며 일없는 아버지를 설득했다.

바른 가르침에는 선생이 없듯이 몇 달을 떠돌며 돌아다니는 중에 누나와 형은 나를 돌보니라고 힘이 들었다. 서로가 지쳐서 만났던 그날, 나는 모두들 태어난 곳을 향하고 걸어온 나무숲을 향하는 화살이 되어 돌아가곤 한다는 것을 처음 알았다.

부자유친

그가 말했습니다. '큰 스승을 어려워한 나머지 질문할 수 없다고 한다. 벗이나 동료를 위해 대신 질문하라'고 하자 어둠에 깃든 숲처럼 아무도 그에게 답을 하지 않았습니다. 소멸하는 것들은 모두가 만들어진 것이고 허공의 가없는 곳을 향하는 길을 열고 있었습니다. 아버지는 일체의 병마와 노동이 없는 곳으로 깃들었고 비 오는 날 간혹 홰치는 거위 울음처럼 혹은 산비둘기 울음처럼 제가 그리워 서 있는 곳으로 오십니다.

입멸시 入滅詩

　의식도 감각도 없는 곳으로 임할 때 나는 카이스트 연못에 거위를 찾아갔습니다. 눈이 잔설에 묻어 있는데 그아래 작은 솜처럼 얹어진 알 두엇을 보았습니다. 일체가 가질 바가 없는 시심詩心은 작은 정원을 스스로 가꾸었습니다.

　조조의 아들이 읊던 칠보 시처럼 절박한 두려움도 없이 현실의 더한 마구니 속에서 지탱하는 숨이 되고 있습니다.

삼매三昧

'아니네 어리석은 아들아 꿈길을 걸어 들어가지 마라 그것은 망상이다.' 그럴 리가 없다고 도리질하지 마라 의식도 없고 의식도 아닌 것도 없는 곳은 부처가 말한 길이 아니냐 '아들아 너로 인해 연명된 수명이 잠시 더 연장된 것뿐이니 덧없는 것이 오늘이다.'

가진 것 없이 태어나 가질 것 없이 삶을 살았으니 나는 덧없이 하염없는 길을 걸어가 부리는 모든 것들이 장도 앞바다에서 붉게 붉게 마지막 노을로 타오르는 시정詩情일 것이니 부디 자유롭거라

어머니를 무덤에 모시고 오는
그날부터

  삼매에 든 꽃 한 첨을 사이에 두고 잉여의 숨을 하나 나누었다 비루하나 거침없었고, 비천하나 비굴하지 않았고, 시의 숨 한 줌으로 인생을 건너왔으니 달이 나의 스승이요 뜨거운 열사의 사막의 인생의 교훈이었다.

  마지막 갈무리한 삶의 널브러진 생선 대가리들이 든 바께쓰에서 나는 냄새보다 못한 어시장 한 켠에 그늘로 서서 서러운 어미의 눈을 찾아다니고 있었다.

다리를 절며 따라오는 이

　시장을 가면 좌판 위를 보게 되었으나 어느덧 부모가 되니 좌판 그늘 아래 놓인 식은 밥덩어리와 놓여진 식은 도시락들이 보였다. 조금 뒤처져 걸어오는 이는 다리를 끌며 야채시장에서부터 따라오더니 좌판의 주인들에게 눈길을 건네며 천천히 걸어온다.

　말없이 건네는 시간 지난 생명들 그 속에서도 가족의 속에 뜨신 국물이 되어 흐를 뼈들과 살점들을 보는데 와락 눈물이 났다 조절되지 않는 것은 참으면서 받는 괴로움 등불이 하나둘 켜질 때 국물이 되어 흐르는 서정 속에서 나는 깊은 그늘이 된다.

이혼

떠난 이들은 미혹을 데리고 가지 않는다. 왔을 때와 다른 심산의 미혹이 생긴 것이다. 어쩐지 두려워 떨던 마음 미늘 하나가 털끝이 곤두서듯 찾아왔던 사람 하나,

이별이었네.

광주 양동시장

미숙한 눈길에 설핏 잠이 들었다. 서울역에선가 아님 광주 양동시장 거리에선가 내가 가진 여비마저 털린 날 야바우꾼들에게 걸린 나는 그들의 재간에 신들의 눈이 되어 쉽게 보였다.

그 후 변화를 가지고 신들은 찾아왔다. 아버지의 말보다 훨씬 교훈적이었다.

4부

굴뚝에 연기가 날려면

　나무를 심고서 '그만 두시오' 하고 싶었다. 또 다른 설렘과 기대임이 진행될 것을 행위의 부작용으로 보였다. 변해 가는 것들은 머물지 않는 것을 알게 되었다. 부모와 자식도 그러하고 부부도 그러하고 이웃도 그러하다.

　아버지가 장화를 신을 때 아버지의 좌우에는 낫과 삽을 가지고 계셨다. 시푸른 날이 선 육철낫은 손잡이가 아버지가 굵은 소나무를 쪄 만든 것 그보다 더 아버지의 손에 맞는 낫은 없는 것 아버지의 눈빛도 날이 선했다.

　병치된 이별과 연명의 시간 숲은 숨죽여 저녁 어스름 속으로 숨는다.

이별의 상태

아버지가 충무공 이순신 얼굴이 표지인 천자문과 세필한 자루 그리고 싸구려 먹을 하나 사들고 오셨다. 생생한 것은 9살 그때부터 지방을 쓰기 시작했으니 세상의 모든 행위는 무상하다는 것을 느낄 법도 했다.

파장을 지나는 행인들의 눈길에 담긴 지그시 참고 있는 슬픔은 변화로 찾아오는 것이다.

당신은 그렇게 저를 찾아오고 계십니다.

세존의 다비

아버지 '이러하니'이다. 당신은 나에게 피를 주었고, 뼈와 살도 주었고, 그 안에 있는 향과 꽃다발 모든 악기를 서둘러 모아 켜는 것처럼 기쁘게 인연이 되지 못했습니다. 세상에 잠깐 다녀가신 뒤에 참으로 경황없이 모습을 감추셨습니다. 당신이 기억하는 것은 당신이 제작한 농을 잡고 돌아다니던 나의 아장거림의 걸음마

평생 당신의 짐이 되어 질펀한 폭력에 그대로 방치된 저항 없는 내 눈길 속에서 늘 두려워 떨던 당신이 보여준 노염은 봄날 살을 찢고 나온 업장의 남쪽으로 향한 매화 한 첨 그것이었습니다.

파장의 존재

아버지의 시신은 불길을 지나 분당에 이르러 멈추셨습니다. 유해를 화장한다는 것은 때에 맞지 않았습니다. 아버지가 묘지를 표시한 돌의 위치를 아는데 저는 불현듯 떠나는 아버지를 제지하지 못했습니다.

이제부터 누이와 나만이 아버지를 기억할 것입니다. 날짜보다 그 폭력성에 깃든 업장으로 무거운 까닭에 걸음을 멈추고 정갈하게 한 마음과 몸을 가지고 만나는 가 없는 허공 그곳에서 무상함 속에 서러운 그늘 질펀한 시장에서 보던 파장罷場을 돌던 노동의 손 그 손들을 기억하면서 잊지 못할 것입니다.

자복 2

　스스로 무릎을 꺾고 뼈를 부러뜨리며 깨어진 전신의
거울 속에 나를 억겁으로 말하며 일그러진 얼굴을 펴고
몸을 세우며 난장의 한곳에서 풍장을 치르다가 만 업장
을 슬퍼하며 리어카에 실린 배추단처럼 풀어헤쳐진 현실
속에서 작은 아주 작은 미늘 같은 기도의 일면이 되어 시
장 밖으로 나와 고향 산성을 오르는 탁발의 시간을 나는
스스로 꿇어 엎드린 자복이라 부릅니다.

아틀라스

'당신의 장례식은 어떠셨습니까?' 라고 물었습니다. '한 번도 묻지 않았습니다. 제게 왜 그러셨어요' 라고 뭉개진 얼굴, 부러진 이빨들, 깨어진 60촉 전구의 파편들, 복구되지 않은 부러진 팔, 허리띠, 푸르스름한 상막작대기 그 후로 세상을 짊어진 아틀라스처럼 신족이 되어 살았다. 끊임없이 누군가를 지탱하며 살았다.

고향을 향해 돌아오는 것은
철새들뿐이다

아버지의 장례식은 잘 치렀냐는 누나의 전언에 카톡으로 사진을 몇 장 보내드렸다. 마을 하늘에는 '잎들이 겨울눈을 지탱하며 울겠다' 라는 생각이 들었다. 은옥이네를 비롯해 규택이네 명희 명숙이 현숙이네 다들 흔적만 있을 뿐 고향을 향해 돌아오는 것은 철새들뿐이다.

등록금 못낸 이유

'어이 순희야 구했네 구했어' '진짜요 이 배를 보소 금
빛 보리 숭어 아닌가. '오메 크요 얼마나 합디여 4마리
에 7만 원 줬네' '하이고 싸기는 싸요만 나머지 제물은
어쩐다요' '뭐 정호랑 글자가 조금 보태면 될 테지' '아
따, 퍽이나 주겠소 그러지 말고 외상으로 사 오시오 벌모
레 내가 가서 준다고 하고' '그러까 주겠지?' 뒤도 안 돌
아보고 가는 아버지의 등을 기억합니다.

포교당에는 초파일 등들이 달리고 학교에서부터 포교
당까지 길 마당 등이 달릴 무렵 잊을 수강 없지요 할아버
지 기일이 초파일이니 기어이 '양만큼 사와 화려한 할아
버지 제사상' 나중에 알았지요. 누나와 내가 학비를 제
때 못 가져간 이유가 서말은 될 것 같다는 생각이 들었습
니다.

아버지를 묻고 오던 날

그가 말했습니다. 하나같이 슬픔에 잠길 때 이레째 되는 날 하늘에서 만다라바 꽃이 떨어졌다고 일러주었습니다.* 아버지 당신이 가신 길도 허겁지겁 경황이 없이 2일장으로 서둘러 가셨지요 아들이 자식을 보고 따신 밥 한상 차려 내드리지 못하고 왔다가 당일로 내려가시던 당신의 성정이 불편한 아들에게 화해되지 않은 기억들이 있어 그런 것이라 생각이 듭니다.

울면서 슬퍼할 일이 아니기에 당신을 두고 내려오는 길이 먼 산을 보게 되었습니다.

* 대반열반경

모과나무 일지

　아파트 앞 모과나무가 아토피를 앓듯이 자신의 허물을 스스로 벗어내고 있습니다. 송광사 일주문 지나 백일홍처럼 달밤에 문득 궁금해 들여다보는데 그늘 뒤켠에 숨어서 우는 슬픈 새들의 소리가 들렸습니다. 쥐똥나무 향도 진해졌고, 그렇게 서로 견주며 살피는 것 그것이 사람 사는 세상이지요 이미 고대사가 되어가고 있는 그것이 언제쯤 살아올까요?

비설거지

　'스님' '왜냐' '든 자리와 난 자리 중 어느 것이 클까요.' '이놈 없던 마음이 갑자기 왜 생겼다더냐?' 바람에 실려 오는 비릿한 내음에 '비설거지해라' '스님 비 오면 하지요' '그러면 처음부터 다시 해야 잖니?' 묵묵하게 일어서 나오는 상좌의 눈앞에 먹구름이 몰리고 있었습니다.

　울며 슬퍼할 때가 지난 것을 붙들고 세상과 씨름하고 있는 내가 버겁습니다.

자리끼 물

산성을 물으니 '저기쯤 가다가 좌측으로 쭉 올라가시면 되시오' 물동이를 인 경옥이 엄마가 똬리 끈을 뺄으며 눈으로 일러 준다. 낯익은 모습이 작은아버지다.

'작은아버지' '응 재홍이냐 집에 니 아베 있냐?' '나도 인제 오는디요' '그러네' 하며 웃는다. 시원한 얼굴과 눈빛이 날카로운 잘생긴 분이었다. 어젯밤 '꿈길에 찾아오셨다' '형님 재한테 잘하시오 집안 문사가 나오기 싫지 않소.' '저게 뭐 알 간디' 하며 눈을 부라리는데 싫지는 않으셨는지 죽순을 막걸리 식초로 숨을 죽이고 간재미를 가지고 회무침으로 내어놓는데 군침이 돌았다.

젊어서 호적 나이를 고쳐 아버지보다 나이가 많더니 작은아버지가 먼저 가셨다. 당신 좋아하는 막냇동생 만났으니 좀 재미나시것다 싶은디 갈증에 자리끼 물을 찾아 마셨다.

아버지 전상서

　아부지 '엄마는 잘 찾았지요?' 성질 급하게 막 '순회
야' 떼목하시 말고 점잖게 불렀는지 모르것어요. 아버지
배웅하던 날 큰손주 치영이가 손을 주물렀고, 작은손주
효민이가 다리를 주물렀고, 병만이 형이 돈이 아까운지
수표보다는 오만 원권 한 장 넣는 것 봤습니다. 아버지는
살아생전 저와 참 어렵더니 돌아가시고 나서도 휠체어에
실린 아들이 아버지를 눈길도 못주고 자식 둘 낳아 대신
주물러 드렸으니 족하시요잉

　나는 천애의 고아가 되어 아들 둘 놓고서 그리워하며
사요 어머니도 그립고 아버지도 그립고 이 세상천지 늙
은 부모들이 다 좋아지요 지금은, 아버지가 할머니와 할
아버지 돌아가시고 왜 그렇게 동네 어른들을 살피고 장
례를 알아서 치렀는지 알겠더라고요

　자전거 태워 초등학교 중학교 고등학교 7년을 보시해
줘서 고맙습니다. 꽃도 없이 영정사진 한 장도 없이 진설
도 없이 보내드린 것은 지송하고요 사는 동안에는 아버

지처럼 그렇게 내 것이라는 것 만들지 않고 살라요 잘 계
시면 또 뵐 텐께 기다리시오

밀물처럼 들어오고 썰물처럼 빠져나가는 사시장철 장
도 앞바다는 하염없습디다. 아버지.

자복 3

새로운 시작은 늘 자복으로 부터다. 깨끗한 눈길도 서설처럼 주십시오. 바람 한줌 길 잃은 것처럼 먼지처럼 소멸하는 것은 가없는 공중에 나부끼는 풍별의 질문 같은 것

나는 꺾인 무릎걸음으로 오체투지하여 당신이 머물 곳을 찾아갈 것이니 부디 나의 마음을 모아 보일 수 있도록 도와주십시오.

실로 백겁의 시간을 보내고 나서도 만나지기 어렵더라도 나의 불편한 육신과 바꿔서라도
당신의 전에 나아가 그가 가르친 자복을 온전하게 전해드리겠습니다.

해설 _ 김종회 문학평론가

가족사의 심원深苑에 세운 범문梵文의 시
— 박재홍 시집 『자복自服』에 붙여

　이전에 출간된 박재홍 시인의 시집 『모성의 만다라』를
평가하는 글에서 필자는 '깨달음과 원융의 사모곡'이란
제목을 붙였다. 그 시집은 처음부터 끝까지 시인이 어머
니를 그리고 추모하는 정서를 끌어안고 있었고 이를 표
현하는 아픔과 슬픔의 기록이었다. 어느 시인, 어느 사람
에겐들 어머니가 그립지 않으랴마는 이 시인의 경우에
유독 그 깊이와 강도가 절실하게 가슴에 와 닿았던 기억
이 새롭다. 아마도 그가 마음의 상흔을 언어로 풀어내는
시인의 길을 선택했다는 것, 그리고 일생 남들보다 힘겨
운 장애의 몸을 간수해야 한다는 것이 주된 원인일 것으
로 짐작했었다. 그런데 이번 시집 『자복』을 읽으며 생각
을 고쳤다.
　이 시인에게 있어 가족애, 가족사, 가족 간의 관계성이
라는 것이 유난히 유현幽玄하고 시인 자신이 이를 끈기

있게 붙들고 있다는 또 하나의 요인을 발견할 수 있었던 것이다. 이 시집의 중심 줄기를 이루는 대상은 아버지다. 그의 아버지는 시집의 문면 전체에 걸쳐 전면에 드러나거나 몰래 잠복해 있거나 아니면 암시적 의미망으로 존재한다. 세상의 모든 인간이 아버지의 피를 받고 육신을 이루는 터이지만, 이 시인이 응시하고 접촉하고 감각하는 아버지는 곧 삼라만상의 다른 이름이기도 하다. 어쩌면 그래서 이 시집이『모성의 만다라』와 하나의 짝을 이루는 것이 될지도 모르겠다. 그것은 시적 형상력의 균형감각인 동시에 삶의 균형성을 지탱하는 인식의 모형일 수도 있다.

물론 여기에 아버지만이 그 자리를 점유하고 있는 것은 아니다. 어머니 또한 수시로 여러 모양으로 나타나고, 누이나 친척에 대한 기술도 함께 보인다. 그의 가족을 향한 뜨거운 지향성은 어쩌면 단속斷續의 지점이 없는 종교의 그것과 닮아 있다. 그의 종교는 무속이나 불교에 근접한 동양정신의 원형을 가졌다. 이 글의 제목을 '가족사의 심원에 세운 범문의 시'라고 명명한 것은 이러한 시집의 특성을 반영하기 위해서였다. '심원'은 그윽하고 깊숙한 동산을 말하며 '범문'은 범서梵書가 범어로 쓰여진 글, 곧 불교의 경전이라는 의미에 잇대어서 불교적 가르침을 공여하는 문장이라는 뜻이다.

이 중점적 개념들을 시집 전반에 활용하면서, 박재홍

의 시는 스스로의 내면을 드러내고 이를 정화淨化하는 '자복'의 길을 모색한다. 이 시집의 서두를 점유하고 있는 표제의 시「자복」은, 스스로 죄를 스스로 고백하고 그에 대한 문책에 복종하겠다는 뜻을 천명하는, 이를테면 이 시집을 관통하는 화두에 해당한다. 시인은 반복적으로 자신의 연륜, 곧 지천명知天命에 이른 인생사의 회한을 반추한다. 거기에 가족 구성원에 대한 회고의 정을 펼쳐 보인다. 어느 누구라도 오십의 나이에 그만한 생애의 질곡이 없을까마는, 시인은 유독 이에 깊게 반응하는, 민감한 심상의 형질을 지닌 것으로 여겨진다.

하루의 허물을 털었더니 우수수 짙은 진눈깨비처럼
비늘이 털어졌다.

누군가를 향해 하루치의 미늘이 이러하였을 것이니
참으로 허물 많은 삶이다

앞으로 곤고한 삶은 얼마나 더 많은 죄업이 되어
기다리고 있을까?
—「자복」전문

'하루치의 허물'은 꼭 하루의 분량을 말하는 것이 아니다. 그 하루가 오십 년에 이르도록 축적된 것이고 보면

'짙은 진눈깨비' 같은 비늘이나 '누군가를 향' 한 미늘은 '허물 많은 삶'을 지시하는 대명사와 다르지 않다. 비늘은 내게서 유추되는 허물의 형용이고, 미늘은 앞으로의 곤고한 삶에까지 결부된 죄업의 형상이다. 이와 같은 자기 삶에 대한 전방위적 성찰과 회오의 진술은 시집 전반에 걸쳐 동일한 유형으로 등장한다. 아마도 그러한 시적 일관성이야말로 이 시집을 독창적 감성을 촉발하는 문학적 성과에 이르도록 견인했을 것이다. 그런데 그의 반성적 성찰은 언제나 어머니와 아버지, 그리고 가족 구성원에 대한 자책감 또는 죄의식에 잇대어져 있다.

　　하늘의 대에 오르신 어머니가 내리는 날이다 어느 포구의 폭설처럼 잇닿은데 없이 끈임 없이 줄기차게 사랑처럼 임재하는 눈.

　　덜컹거리는 사랑이 조바심하며 지리산 한 자락 넓게 펼친 목화이불처럼 아무도 가지 않은 길에 대한 조잡한 마음처럼

　　내 속에 밟지 않은 눈을 치울 것인가 밟고 지나갈 것인가에 대한 미련함이 그도 허물이라는 것을 나이 오십에 알았으니 미련하기 그지없구나.
　　　―「대설주의보」 전문

폭설 가운데서 어머니를 보고 '어머니가 내리는 날'이라 언표言表할 수 있다면, 시인은 눈 내리는 날이 아니더라도 삼라만상 가운데 어디서나 어머니를 찾아낼 수 있다. 그와 동일한 바라보기의 방식으로 '할아버지 산소'를 보기도 하고 '수목장할 나무 한 그루'를 보기도 한다. 이 시집에서 가장 많은 빈도를 보이는 혈친 '풍장 치른 아버지'는 더 말할 나위도 없다. 때로는 "아들의 꿈길에 할머니가 아빠 머리맡에서 울고 있었단다"와 같은 복합적 상황도 목도할 수 있다. 이 모든 목격자의 증언은 시인이 '나이 오십에 비로소 몸 부리는 것을 배웠'기에 가능하다. 삶의 연한이 숙성하고 가족애의 진진한 의미가 체득되는 것은, 그에게 동류항의 시적 문법이다.

시집을 느린 보폭으로 주의 깊게 읽어 나가면서, 새삼스럽게 눈여겨보는 것은 왜 이 시인이 이렇게 전면적으로 산문시의 형식을 차용하고 있는가 하는 점이다. 시의 외형은 그것 만으로의 의미가 있는 것이 아니라 내포적 형질과 밀접하게 연관되어 있다. 곧 형식이 내용을 담는 그릇이라는 말이다. 시인이 내내 하나의 모티브로 붙들고 있는 가족애를 불교적 세계관으로 표출하는 데 있어 이처럼 유장悠長한 글쓰기의 문법이 필요했는지도 모른다. 덧붙여 반복하여 되뇌는 '나이 오십'의 세상살이 체험이 보다 많은 분량의 이야기 그릇을 요구했는지도 모른다. 어쨌건 산문시의 행보가 시인에게 유효하고 적합

하다는 것은 분명한 사실이다.

팔영산 아래에서 살다가 불현듯 떠날 때에는 삶을 몽글게
열심히 장애를 가진 아이와 남매를 키우기 위해 이웃을 돌
보며 살아가는 모습에 아버지는 교훈적이었습니다.

그것은 시대를 넘어서는 현재까지 내 마음에 머물며 닿아
있습니다. 진정 아버지는 내가 기억하지 못한 곳에서 온전
하게 자리하고 있었습니다.

영정사진도 없이 꽃도 없이 밥도 차려지지 않은 장례식장
에 서럽게 웃는 모습으로 칠성판 위에 누워 계셨습니다.
　　─「장례식」 전문

제2부에 수록된 15편의 시는 모두 예문의 「장례식」처
럼 주로 아버지의 담화를 담고 있으며 곳곳에 누이, 어머
니, 증조부 같은 가족사의 담론을 시의 재료로 수용하고
있다. 시적 화자는 "산에서 캐낸 돌을 연탄불에 구워 수
건이 타 들어가는데도 몇 장 겹쳐서 지지던 아버지 어머
니의 하루를 내가 만나고 있으니 내리사랑은 부정할 수
없"다는 인식의 소유를 보여준다. 그 '내리사랑'에의 자
각이 이 시집을 관류하는 하나의 저력이요 보람일 것이
다. "겁이 나서 울지도 못하고 세숫대야에 담긴 팔과 얼

굴 발을 씻기던" 누이, "피굴과 매생이 저를 연탄불에 구 워 먹이"던 어머니는 모두 이 혈연공동체에 각자의 방위 를 점유하고 있는 정신적 교감의 실상들이다.

제상 앞에서 '우리 불쌍한 새끼들'을 위하여 조상에 빌던 어머니, '아랫집 마당에 벽돌 서너 장으로 숯불에 생선을 굽'던 아버지, '마당을 쓸던' 아버지, 그 아버지 는 어느 결에 시적 화자의 체험적 현실이 되고 사유의 중 심이 되고 생애의 퇴적층이 된다. 화자는 '사무치도록 보고 싶을 때마다 아이들에게 들려준다'고 토로한다. 이 처럼 대를 이어 계승되는 가족사와 가족애의 이야기는, 이 시인이 어떤 작심으로 이 시집을 기술했는가를 여실 히 증명한다. 이를 두고 '생존의 원인에 대한 소멸된 깨 달음의 비늘'이라는 사뭇 난해한 관념을 동원하기도 한 다. 그에게 현자賢者는 멀리 있지 않다. 이 모든 관념의 편린들을 일상 속에서 감당한 어머니가 곧 현자였던 것 이다.

그렇게 보면 그에게 있어 범상한 가족사는, 그 중첩된 체험과 확장된 넓이 그리고 심화된 깊이에 따라 종교적 심오深奧를 발양하는 하나의 통로가 되는 셈이다. 제3부 의 시들은 이 심오를 제현하는 바탕에 범어와 법문, 불교 의 사상성이 잠복해 있음을 점차적으로 드러낸다. 일상 의 삶이 불심佛心의 수양이 되고 그 수양을 통해 다시 일 상을 조화롭게 하는 것은, 보편타당성의 교리를 가진 불교의 세계에서 어렵지 않게 만날 수 있는 생활신앙의 도식이다. 이 단계의 시편들에서 오현스님, 49재, 발우鉢盂, 입멸入滅, 범문, 삼매三昧 등의 불교적 어휘와 용어들이 편만해 있는 것은 바로 그 때문이다.

맑은 도량에 잠드는 이 없고, 스스로 피어난 꽃에 놀라지 말아야 詩가 아닌가? 라고 물었습니다. 폭풍 속에서 뒤집어지는 만선의 꿈이 나뭇잎처럼 날아가는데 사람을 붙잡고 일으키고 길을 잃고 헤매는 사람의 발등에 불을 밝혀주는 것처럼 그가 말했습니다.

아버지. 49재는 지옥 속에 나를 내어 놓았습니다.
— 「아버지 49재」 전문

유명幽明을 달리한 아버지를 다른 세상으로 보내드리는 그 식전式典에서, 시인의 시가 아버지의 존재와 연관되어 있음을 시사하는 대목이다. 아버지는 시인에게 있어 존재론적 응시의 대상이며, '길을 잃고 헤매는 사람의 발등에 불을 밝혀주는 것처럼' 시를 촉발하는 유다른 정신적 결정체이기도 하다. 그런데 그 시를 촉매하는 일의 결과는 '지옥 속에 나를 내어놓'는, 곤고한 형용을 초래한다. 이 지옥은 사후세계의 극한을 말하는 것이 아니다. 시를 쓰는 일이, 한 시인의 내면에서 언어의 경작을

도모하는 일이, 얼마나 곤고한 역정歷程을 포함하고 있는 가를 대변하는 언사다. 이는 또한 그의 시가 눈에 보이는 경물의 지경을 넘어 생명현상을 심층적으로 탐색할 심산心算임을 암시한다.

'아니네 어리석은 아들아 꿈길을 걸어 들어가지 마라 그 것은 망상이다.' 그럴 리가 없다고 도리질하지 마라 의식도 없고 의식도 아닌 것도 없는 곳은 부처가 말한 길이 아니냐 '아들아 너로 인해 연명된 수명이 잠시 더 연장된 것뿐이니 덧없는 것이 오늘이다.'

가진 것 없이 태어나 가질 것 없이 삶을 살았으니 나는 덧없이 하염없는 길을 걸어가 부리는 모든 것들이 장도 앞바다에서 붉게 붉게 마지막 노을로 타오르는 시정詩情일 것이니 부디 자유롭거라.
  ―「삼매三昧」 전문

시인은 불교의 '색즉시공色卽是空'을 시의 문면에 겹쳐 보이기를 원한다. 의식 또는 무의식의 길이 모두 부처의 길이라는 생각은 삶의 행적과 여기에 글을 더한 시정詩情이 한 가지이기도 하고 서로 다르기도 할 것이다. '부디 자유롭거라'라는 곡진한 당부는 이 범박하면서도 진중한 철리哲理를 축약한, 매우 단단한 문장이라 할 수 있겠다.

시집의 후반 제4부로 넘어가면서도 이와 같은 가족사와 그 핍진한 의미의 관계망, 그리고 범문에 기반을 두고 생명현상과 사후세계를 응대하는 열린 시의 정신은 그대로 유지된다. 그와 더불어 서두에 그 자리를 두었던 '자복'의 시적 표현이 반복되어, 이 모든 현상적 체험이 결국 시인 스스로를 경계하고 자성自省하는 요인임을 확증한다.

    스스로 무릎을 꺾고 뼈를 부러뜨리며 깨어진 전신의 거울 속에 나를 억겁으로 말하며 일그러진 얼굴을 펴고 몸을 세우며 난장의 한곳에서 풍장을 치르다가 만 업장을 슬퍼하며 리어카에 실린 배추 단처럼 풀어헤쳐진 현실 속에서 작은 아주 작은 미늘 같은 기도의 일면이 되어 시집 밖으로 나와 고향 산성을 오르는 탁발의 시간을 나는 스스로 꿇어 엎드린 자복이라 부릅니다.
    —「자복 2」 전문

    단 한 문장으로 된 산문시다. 스스로를 단련하고 그 가운데서 시의 언어, 시적 언술을 이끌어내는 치열한 정신적 고투를 감각하게 한다. 그와 그의 아버지, 그리고 가족 구성원들이 형성하고 있는 존재의 의미는 어느덧 '세상을 짊어진 아틀라스처럼 신족이 되어' 살고 있다. 이것은 누군가가 객관적으로 승인하는 문제가 아니다. 시인

자신에게서, 시인의 내부에서 흥기興起하는 관념의 이름이요 형상이다. 시집의 결미에 이르러 마침내 시인은 '아버지 전 상서'라는 편지글을 시의 이름으로 제기한다. 이 시집이 하나의 실체를 이루도록 한 그 발원의 상념을 구체적으로 적시摘示한 터이다. 참으로 고단한, 그러나 더 할 수 없이 치열한 글쓰기의 도정이 여기에 그대로 남아 있다. 시집의 마지막은「자복 3」이란 시로 마감된다.

이 시의 첫 구절은 "새로운 시작은 늘 자복으로부터다. 깨끗한 눈길도 서설처럼 주십시오. 바람 한 줄 길 잃은 것처럼 먼지처럼 소멸하는 것은 가없는 공중에 나부끼는 풍번의 질문 같은 것"이라고 진술되어 있다. 마지막이 곧 첫 시작인 것은, 그의 시에서 익히 보아온 범문의 사상을 반영한다. 이렇게 그의 시는 길다면 길고 짧다면 짧은 생애의 길, 시 쓰기의 길을 채우는 언어는 자복, 자신에 대한 반성적 성찰의 언어로 채워져 있다. '나이 오십'에 이른 전 생애의 체험, 가족사와 가족애의 애환, 정신과 육신의 고통, 범문에 기댄 자기 각성의 탈각 등이 이 시인의 시를 지탱하는 근원적인 힘이요 추동력이요 소망의 염력念力이다. 그렇게 매우 선명하고 독특한 언어의 숲을 형성한 시집이 여기에 있다.